Cows Can't Spin Silk

Las vacas no pueden hilar seda

por Dave Reisman

Ilustraciones de Jason A. Maas

JumpingCowPress.com

JUMPING COW PRESS

D1514753

A mis hermanos,
Rich, Rob & Dan
Con cariño,
DR

Published by Jumping Cow Press
P.O. Box 2732
Briarcliff Manor, NY 10510

© 2020 Jumping Cow Press
All rights reserved
JumpingCowPress.com

All text, characters and elements are trademarks of
Jumping Cow Press

ISBN 13: 978-0-9980010-7-4
ISBN 10: 0-9980010-7-4

Second Paperback Edition
October 2020

Printed in China

Las vacas no pueden hilar seda...

Cows can't spin silk

...pero pueden dar leche.
...but they can make milk.

Los pájaros
carpinteros
no pueden
dar leche...

Woodpeckers
can't make
milk...

...pero pueden
hacer agujeros

...but they can
hammer holes

...pero pueden cavar charcas.
...but they can dig gator-ponds.

Las arañas
no pueden
cavar charcas...

Spiders can't dig
gator-ponds...

8

...pero pueden
tejer telarañas.
...but they can
weave webs.

9

Las gallinas no pueden
tejer telarañas...

Hens can't weave webs...

...pero pueden poner huevos.
...but they can lay eggs.

Las mofetas no pueden poner huevos...

Skunks can't lay eggs...

...pero pueden rociar un mal olor.
...but they can spray stench.

Las hormigas no pueden
rociar un mal olor...

Ants can't spray stench...

...pero pueden construir puentes.
...but they can build bridges.

Las ardillas no pueden construir puentes...

Chipmunks can't build bridges...

...pero pueden excavar túneles.
...but they can bore tunnels.

Los arrendajos azules
no pueden excavar túneles...

Bluejays can't bore tunnels...

...pero pueden construir nidos.
...but they can assemble nests.

Las orugas no pueden
construir nidos...

Caterpillars can't
assemble nests...

...pero pueden
formar capullos.

...but they can
construct cocoons.

Las avispas no pueden
formar capullos...
Wasps can't construct cocoons...

...pero pueden construir
con papel.
...but they can craft paper.

Los castores no pueden
construir con papel...

Beavers can't
craft paper...

...pero pueden construir diques.
...but they can form dams.

...pero pueden hacer herramientas

...but they can shape tools.

Los calamares no pueden
hacer herramientas...

Squids can't shape tools...

28

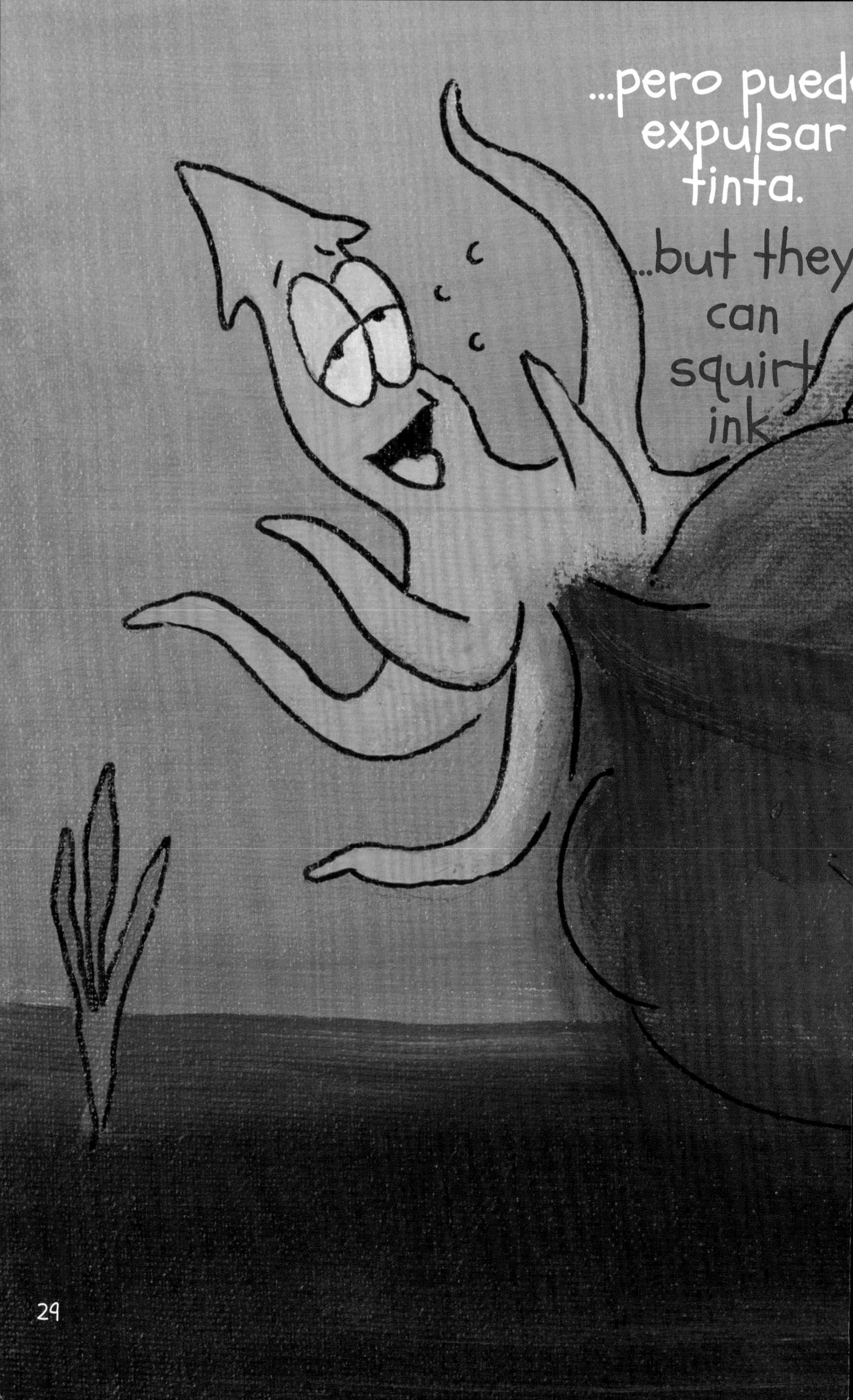

...pero pued
expulsar
tinta.

...but they
can
squirt
ink

Las ostras no pueden
expulsar tinta...
Oysters can't squirt ink...

...pero pueden producir perlas.
...but they can produce pearls.

Los pulpos no pueden producir perlas...

Octopuses can't produce pearls...

...pero pueden edificar barricadas
...but they can erect barricades.

Las abejas no pueden
edificar barricadas...

Bees can't erect barricades...

...pero pueden fabricar miel.

...but they can create honey.

Los osos no pueden
fabricar miel...

Bears can't
create honey...

...pero pueden hacer madrigueras.

...but they can make dens.

¡Visite el sitio web de Jumping Cow Press para conocer nuestra tienda, imprimir recursos de aprendizaje gratis y más!

www.jumpingcowpress.com

Disponibles en tapa blanda, tapa dura y en formato digital

Visit the Jumping Cow Press website for our shop, free printable learning resources and more!

www.jumpingcowpress.com

Available in Paperback, Stubby & Stout™ and eBook Formats

Abre este libro y diviértete viendo, a los caimanes cavar charcas, a las arañas tejer telarañas y a las gallinas poner huevos. Siguiendo el patrón de los sonidos en *Las vacas no pueden graznar* y de las acciones en *Las vacas no pueden saltar*, un nuevo grupo de animales nos presenta un mosaico de creaciones mientras construyen diques, hacen herramientas, abren agujeros y muchas otras cosas. Orgullosos de sus habilidades, estas vivas e interesantes criaturas transmiten un poderoso mensaje acerca de la ingenuidad, creatividad y diversidad.

Come along and join the fun, as alligators dig ponds, spiders weave webs and hens lay eggs. Echoing the sounds of *Cows Can't Quack* and actions in *Cows Can't Jump*, a fresh herd of animals makes a mosaic of creations as they shape tools, form dams, hammer holes and more. Proudly crafting an array of works, these lively and lovable creatures convey a fun and empowering message of ingenuity, creativity and diversity.

$7.99
ISBN 978-0-9980010-7-4
50799
9 780998 001074

JumpingCowPress.com